サーベルと燕

小池光

歌集

砂子屋書房

＊目　次

Ⅰ　２０１８年

爪　14
ある町　17
蜂ひとつ　19
こども　23
東京都中央区を歩く　25
犬いくつか　30
鼻毛切れ　33
長男　37

包丁研ぎ　40
海ゆかば　42
卵の殻　46
ほくろ　50
碍子　59
ポルポレ　68
折々の歌　74

Ⅱ　2019年

懐旧三首　82

懐中時計 84
水郡線にて 87
処女の泉 89
牛乳一本 96
鯉盗人 98
ぼろぼろ 106
迫る 110
大黄 113
松葉牡丹 127
ゆく夏に 131
街の灯 137

折々の歌 141

Ⅲ　2020年

松の小枝 148
黒部の黒百合 150
暖春にほふ 153
ダウラギリ 162
小鳥のころ 165
綾鷹 174
天道虫 177

折々の歌 183

Ⅳ 2021年

すずめ 192
いづみ 194
秋深む 196
中地俊夫を悼む 199
弟 201
復《ま》た来《こ》し春 211
道ゆく人 214

サーベルと燕 220
ソング 228
踏切にて 230
六首 236
折々の歌 239
あとがき 247

装本・倉本　修

歌集　サーベルと燕

I

2018年

凧

四十歳になりたるわが娘《こ》と凧揚げす元日の空に凧あがりたり

父がため長《をさ》のむすめがつくりくれし雑煮を食へば胸にせまりぬ

くろぐろとしたる東の空よりぞ正月二日の満
月のぼる

氷結の川ひとたびも見しことなし七十年をた
ちまち生きて

高層マンションがふるさとである青年がつく
りし歌をいかに読むべき

八十五歳と七十五歳が結婚する話を聞けばもの憂きものを

若き日に歌のまじはりありたりし松平修文さきに逝きたり

卓のうへにだれが置きしか金柑の実がひとつあり帰りてくれば

ある町

栃木県の小さき町をしばし歩く埼玉県より歌もとめ来て

駅までの商店街もさびれたり有線放送ながるるのみに

畑隅に古き墓石《はかいし》立ちてをりふるき墓石かたむくところ

蜂ひとつ

蒙古野の空にひびかふ雁のこゑ茂吉うたひし
われは読みつつ

パンダ生まれてはや五ケ月になりぬれば母の
こころもわかりゆくべし

屋根のうへにソーラーパネルを上げないかと
いふ営業を断りにけり

原節子の本名なんといつたつけ思ひ出せずに
苦しむくるしむ

日本語があやふやになるときありて講演途中
にしばしば黙す

晩秋のあたたかき日におとろへしひとつの蜂
がテラスをあるく

下りゆくエスカレーターの前の女《ひと》のうなじに
見入るは罪ふかからむ

はかなごとおもひてをれば秋晴れに今朝は秩
父のやまなみは見ゆ

ゆふやみは土より湧きてたちまちに並木の杉
をくろく濡らせり

こども

あたたかき冬の日にして手つなぎあひ保育園
児のおさんぽが行く
一瞬に金魚すくひの紙やぶれかなしみふかき
こどもなりしか

山羊の乳《ちち》飲んで育ちしわれなれば山羊を母よとおもふことあり

東京都中央区を歩く

京橋区と日本橋区と合はさりて味気なき名の
中央区成りぬ

中央区といふは東京駅のひがしより春のうら
らの隅田川までをいふ

秋晴れの銀座の街もあるきけり異国のまちを
行けるおもひに
ふるさとの町の小さな商店街「船岡銀座」の
かなしかりけり
いはゆる「銀座のバー」にひとたびも行きし
ことなし行かずをはらむ

芥川龍之介生誕の地を過ぎて隅田川ちかし水
の香《か》にほふ

手を伸ばせばとどくところに泛びゐるふたつ
のかもめ兄妹《けいまい》なりや

隅田川のぼる遊覧船に手を振れるをさなごあ
りてわれは見るのみ

月島を向かひに見つつ「立体性の街」と歌ひし斎藤茂吉

月島といまはつながる佃島吉本隆明そだちしところ

吉本の「佃渡しで」の詩を写し壁に貼りたり二十歳《はたち》のわれは

ゆふぐれのせまる寒風うけながら佃渡船《つくだとせん》のいしぶみのまへ
啄木の詩に飛行機のありしことたかき秋空みつつおもへる

犬いくつか

遠き日の読書のなかに走り去る八房《やつふさ》といふ犬
ありにけり

茂吉翁にこゑかけられし売犬《ばいけん》の小さきものは
いかに育ちし

ペットショップすなはちそれは売犬屋おもひおもひに人待ち顔す

首輪に電灯ともす犬がきて飼ひ主つづく「ふれあいの道」

澱橋《よどみばし》の夜のたもとを行きしときあらはれし黒犬がわが腿《もも》嚙みき

猫はタマ犬はポチなり箸おきてごちそうさま
といふかの如く

鼻毛切れ

岩波文庫『阿部一族』をひといきに読みたる
ころはわれ若かりし
鼻毛出てる鼻毛を切れとむすめ言ふ会ふたび
ごとにつよく言ふなり

ひとり孫さなは小学一年生ちからをこめて仮
名文字を書く

いまさらに西條八十の詞はよけれ「さびしい
夢よさやうなら」ああ

昭和史のくらやみに咲く断腸花永田鉄山伝を
読みつぐ

森岡貞香ふともおもへり二荒《ふたあら》山の楢にすがれる蝉をうたへば

なまぬるきビール飲みつつ居酒屋に異性の友とゐるときもあり

「わが心石にあらず」は樋口一葉の日記の一行とけふわれは知る

バルトーク「チェレスタ」にまじり沛然と降
る雨のおと夜のふかきに
籠のカナリア逃してしまひしその日より六十
余年がひらりと過ぎつ

長男

わが父母《ふぼ》が生まれしころに死にゆきし石川節子の伝《でん》読む数日《すじつ》

啄木の妻のみじかき生涯よ「みなさんさやうなら」と言ひて死にしと

進駐軍のジープにかすかな記憶あり白鳥神社のまへに停《と》まれる

享年明治四十年玉芳善孩児の位牌をぬぐふ長男われは

日露の役《えき》たたかひたりし祖父《おほちち》が大正三年に死んでその墓

だれにでもあたま下げよと祖母《おほはは》が常《つね》言ひしことをいまにおもへり

包丁研ぎ

キッチンにラジカセ置きて春の宵スカルラッティのソナタなど聞く

鶏五目飯チンして食べることをして中期高齢者われ昼の食《しょく》をはる

銀奥歯までみせて愛想わらひする包丁研ぎに
包丁わたす

賞味期限とうにきれたる蜂蜜を朝《あした》のパンに塗
りつつわれは

午前零時すぎしキッチンに冷蔵庫氷をつくる
音ひびきけり

海ゆかば

うひうひしき日本語はなす大坂なおみ丸太の
ごとき腕もてりけり

戦後生まれしわれにあれども「海ゆかば」歌
ふことありこころをこめて

日本狼最後に捕獲されたるは明治三十八年
啄木十九《じふく》歳

西城秀樹六十三歳の死をおもふ野口五郎はゆ
ふべ聞きしに

荒川鉄橋にさしかかるときとどろきて夜闇の
なかに昭和をしのぶ

うつしみの手首にのこる春《はる》昼《ひる》の輪ゴムのあと
をふといとほしむ

いにしへの貴人のごとく白鷺一羽田植ゑをは
りし田中をあゆむ

声かけあひてはたらきし同僚井手、田村われ
より若くこの世去りにき

ふかぶかとせる解放感につつまれて黒浜沼の
ほとりに立ちぬ

卵の殻

渋谷川を流れてゆきし卵の殻《から》いかになりしか
とおもふときあり
かがやけるかの日のアラン・ドロンにも老醜
ありて生のきびしさ

なかにし礼書く歌謡詩にすごみあり「蚊帳《かや》の
中から花を見る」とぞ

わが町にまだ銭湯のありしころエントツ立ち
てけむりのぼりき

塩田に塩をつくりて一生を過ぎゆくひとに幸《さち》
はふかけれ

鏡にてみぎひだり逆になることのふしぎが解けず七十歳となる

生命保険解約をしてすがすがとわれは居るなり死ぬときは死ぬ

谷川雁「毛沢東」の一行がおもひだされて冬の蜂あるく

ほのぼのと路線バスに乗る蛭子《えびす》能収《よしかず》いつより
か漫画かかなくなりて

「国境なき医師団」に月々わづかなる金おく
りゐし妻をおもふも

ほくろ

親指の付け根に七十年を在《あ》るひとつほくろを
撫づることあり

渡良瀬湿地にめらめらあがる野焼きのほのほ
妻と見たりしことのおもほゆ

つつじの花ちぎりて花の蜜を吸ふわれはひよどり子あり妻なし

伊奈中央病院三〇二号室窓ぎはのベッドの母にわれは近づく

平成三十年四月二十日この日を限りしづかにも活動をやめし母の心臓

ぬくもりはいまだのこりてなきがらの母の額にわれは手を当つ

百六年十ケ月あまり生き抜きて母のいのちは此処に了《をは》りぬ

わが腕に生える黒《くろ》毛《け》にいつしかに白《しろ》毛《け》のまじりはつなつの風

右の手にくすり塗るとき左の手もちゐること
の有り難きかも

夏萩の咲きそめし花に来たる蜂しばらくめぐ
り飛びつつ去りつ

知覧より飛び立ちゆきし吉野善《よし》積《づみ》少尉父の従
兄弟にあればおもひぬ

けふは松平修文の会　行けず　なきがらの母
を家にまもりて

それぞれに歳月経たる顔をして通夜につどへ
るわが従兄弟たち

母生れし明治四十四年は啄木の死の前年ぞふ
としもおもふ

いつの日もきつく抱きしめをりたりしパンダ
のぬひぐるみを柩に入れつ

母が耕す鍬に小石のあたるおとかちりかちり
と忘れざらめや

認知症になりて十年余過ぎたりしいまおごそ
かな母の死顔

明治より四代生きて生き尽せし母よと思《も》へば
かなしみはなし

骨壺にはんぶんもなき母の骨　骨の一片まで
生き抜きたりし

二人の子つれて原間井《はらまゐ》豆腐屋の節ちやん来た
りあかつきの夢に

ふるさとに節ちやんふたりなつかしむ豆腐屋の節ちやん郷社《がうしや》の節ちやん

はつなつのかがやく雲を駅前の喫煙所にてわれ見上げをり

五百羅漢にこんな顔ゐたといふやうな丸顔青年が前の席にすわる

母の葬をへてしづかなる夕庭に木香薔薇は散
りそめにけり
眠らむとしておもひをり裏庭にどくだみの花
がしろく灯るを

碍子

泥棒に入《はい》られたることいちどもなく七十年過ぐ　泥棒よ来よ

この人とゐても話すことなしと思へる人いつしか増えて年とりにけり

二次会に誘はれたれどわれ行かず厭世観につかまりをれば

五歳児が書きたる文が電撃す「ゆるしてください　おねがいします」

大きなる西瓜を提げて帰り来し父のすがたやわれはをさなく

黒眼鏡かけて手引かれあゆむ人とほき記憶の
なかにふるさと

銭湯のペンキ絵に描かれをりたりし松島の仁
王島が夢に出てくる

哲学者野家啓一が高校の一年下に居るたのも
しさ

われらが授業で習ひし『山月記』がいまも高
校の教科書にあり

あと十年がんばらうなと言ひ合ひて野家啓一
と握手し別る

盲目のオルガニスト、ヘルムート・ヴァルヒ
ャを青春の日に聴きしおもほゆ

骨と皮ばかりになりて死にゆきし猫をおもひ
ぬ四年過ぎたり

足立たずになりたる猫がおそろしき目付きに
かはりしこと忘れ得ず

昨晩のねむり足りずに呆《ぼう》とゐてからだに詰め
込む朝の飯あはれ

ふたりとも杖つきあひてみちを行く老夫婦あり夏日のもとを

ありのままなる現実を歌によむことのむつかしわれは希《ねが》へど

夏と志野ふたりのむすめわれにありきみが苦しみ生みくれしおもふ

嫁入りの道具のなかにありたりし琴を捨てたり　没後八年

チャイナドレス息のむまでにうつくしき香港映画「花様年華《かやうねんか》」に

中公新書『プロテスタンティズム』読みつつをり蒙啓《ひら》かるることの楽しさ

父の日にむすめがおくりくれたりし夏掛け布団の肌ざはりかな

青森の吉幾三がつくりたる小学校の校歌よき歌

白熊をスピッツベルゲンに見にゆきし人がカルチャーに短歌をまなぶ

花の鉢おくると言へる知らせあれど花来ず花
来ず夕暮れとなる

六月の曇天のなかの電線にしろき碍子《がいし》の嵌《は》ま
るかなしゑ

ポルポレ

車窓よりうごく景色を見ることをこどものこ
ろよりわれは愛すも
赤白に塗りわけられし鉄塔が筑波山背景に立
ち上がりたり

看板あり「肉汁餃子製作所」いかなるものを
食はせむとする

七十年の回顧なしつつわれの身におとづれし
幸運を指折りかぞふ

みづからの耳の穴より大いなる耳垢掘ればこ
ころ足らふも

来年は小学校に行くらむかランドセルしよつてパンダのこども

ゆふぐれの整体院の椅子に待つ同世代者か通りより見ゆ

父方の遠い親戚にアマゾンに移民を遂げし青年ありき

わが母はなくなりたれば葬祭費補助五万円を
受く申請をして

百歳になりたる母がもらひたる金盃などもい
かにせむかな

真言宗の父子《おやこ》の僧がこゑあはせ経よむときの
夏のすずしも

駅の看板に個人医院の名の多しにんげんはみな病むものにして

「ポルポレ」といふ名の飲み屋町にできて語源たづねるまへにつぶれき

「未來」誌の岡井隆のあとがきを熟読したりはげまされつつ

茂吉の歌にありし「口食《こうしよく》の官能《くわんのう》」といふこと
ばふいに脳裏よぎりつ

介護悲劇かず知れずあれど忘れ得ぬ「利根川
親子心中未遂」

二宮冬鳥の歌に出できし肱川の氾濫をみる夜
のテレビに

折々の歌

チューリップの葉っぱひとひら切りとりてコップに挿せりうつくしければ

「炭火焼きホルモン」とのみ大書せる看板ありて春暮れむとす

道の辺《べ》に立つ柏の木ゆきずりに若葉いちまい
ちぎりて噛みつ

車窓よりつかのま見えてさむざむと乗馬クラ
ブの砂にふるあめ

ベートーヴェンのピアノソナタを聞きながら
赤いきつねを食ふのも一生《ひとよ》

ぐちやぐちやとわからなければ家に呼ぶ生命
保険の外交員を

外交員進藤のぞみちやん来たりけり解約のこ
と告げれば泣きぬ

ひとつづつたまごの中に鰐がゐて鰐のたまご
といふはおそろし

駅階段一段とばしに駆けあがり空に消えたり
女子高生は

まな板はかならず洗つて立ておけと説教する
わが子をにくむことあり

駅頭の冤罪署名のかたはらをかへりみもせず
われは過ぎたり

銀杏の木切り倒されてあらはれし切り株ひと
つなみだぐましも

爪ながき宦官と会ひし斎藤茂吉昭和五年の秋
ふかむころ

十七歳できのふありしが七十歳でけふはあり
つつ金柑甘し

仙台に買ひたる傘を新宿にうしなふこともさ
だめなりけれ

Ⅱ

2019年

懐旧三首

火消し壺といふものむかしありたりし霜は降りつつ船岡の家

正月の新聞広げ足の爪きりてをりたる父をおもへり

冬せまる阿寒湖のみづに手を濡らし立ち去り
ゆきぬ青年われは

懐中時計

「昭和十四年直木賞」の懐中時計が仏壇のひきだしの奥にありたる

足ゆびの付け根痛めばリウマチに難儀せし祖母がおもはれて来ぬ

「帽振レ」といふ号令のあはれさは戦後生まれのわれにも沁みつ

別れのときハンカチ振りし昭和ありし椿ましろに咲けばおもほゆ

亡き妻の老眼鏡を手にとればレンズはふかく曇りてゐたり

最後までわれに見させてＢＳに「黄色いハンカチ」の映画はをはる

本名をつひに明かさず逝きたりしさくらももこを惜しみてわれは

知盛の子の知章《ともあきら》父よりもさきに討たれしことのあはれさ

水郡線にて

常陸のくにから磐城のくにへひとすぢに水郡
線ありとある日に乗る
「瓜連」はうりづら「静」はしずと読む駅名
さへもおもしろくして

袋田のもみづる滝を見にゆくと降りてゆきたり初老のふたり

福島県に入りてゆけば景かはりひろびろとして秋づく空は

奥羽山脈に没せむとする夕日見ゆ秋のこほりやまに近づくらしも

処女の泉

眼前に落ちて来たれる赤松の松ぼつくりをたちまち蹴りぬ

四個《よんこ》の団子つらぬく竹の串さえざえとありいざ食はむとす

八人の曾祖父曾祖母ひとりだにその名知らざることにおどろく

ゆるキャラといふもの至る所にでき面妖なり面妖なりわれ近寄らず

船岡の白鳥神社のお祭りに掬ひし金魚ただ赤かりき

生まれてはじめて観《み》たる映画がいまにおもへ
ば今井正の「ひめゆりの塔」

大《おほ》谷《や》石《いし》の石切り場の巨大空間をおもひみつつ
もいまだも行かず

観世音は異性なるかやともしびに胸のふくら
みうかぶかなしさ

ベルイマン「処女の泉」を観《み》たるとき十八歳
のわれは畏《おそ》れき

湧き出でし泉のみづを直写して息づまり観し
映画はをはる

横須賀の軍艦三笠にわれ乗りて記念写真を撮
りたるむかし

「ハイランド」なる町名のあることも横須賀
らしく年暮れむとす

吉行淳之介《よしゆきじゅんのすけ》のエッセイをひとつの範《はん》として文《ぶん》
の稽古をしたるとしつき

帝国書院世界地図帳の蟻の地名をハスキルー
ぺにすがり読むなり

昼の月はなぜ白いかといふことを元物理教師
われ考へる

雀宮《すずめのみや》のホームのさきにひとむらの背高泡立草
はしづかに立てる

歳晩の贈り物とて来たりける仙台駄菓子の箱
をあけたり

猪年《ゐのししどし》の冬日のあたるテーブルをひとつの蠅
がよこぎりあゆむ

牛乳一本

秋田新幹線「こまち」カモシカと衝突し五十
分あまりの遅れとなりぬ

スーパー銭湯「極楽湯」出でてやをらわれ牛
乳一本飲み干しにけり

ブラジルの熱帯雨林に生まれたるカルロス・
ゴーンは鷹の目をもつ

おそろしき車内広告われ見上ぐ「全身まるご
と脱毛できる」

お姉ちゃんのあと追ひかけていもうとの走る
は良しもよその子なれど

鯉盗人

寝るまへにわづかの透明ウォッカ飲む習慣つ
きて七十路の坂

歩くこと楽しくあらず軟骨の擦り減りて足の
指痛《おゆび》めば

冬日あたるテーブルのうへをさまよへるひとつの蝿に老いはふかきか

甘栗を爪に割りつつおもふなり宮崎滔天『三十三年之夢』

ふるさとに「よろづ屋」といふ店ありき盆のらふそく買ひたるおもふ

雪つぶて撒《ま》きて掃きたる八畳間あをきたたみの香り立ちにき

漫才の「サンドウィッチマン」のふたりぐみ仙台の人なればしたしむ

日露の役《えき》日清の役《えき》といふときにふるきいくさの草の香《か》かをる

夜の水くらやみのなかにひそみゐる巨き緋鯉
の存在感はや

雪の夜に迫りせまりて養魚場より錦鯉をば盗
む人あり

隣人はありがたきかなことしまた手作りおせ
ちの差し入れがあり

いただきしおせちの中のきんとんを涙してくふ甘しあましよ

わが町蓮田につたはり来たる円空仏二十四体に偽物はいくつ

小紋潤のはにかむ笑顔おもひ出づ同い年にて先に逝きたり

なまへのみ知る人なれどいただきし星河安友
子歌集はよき歌ぞある

六百年の歳月かけてつくられしミラノ・ドゥ
オーモをみることもなし

「ままへ　いきてるといいね」の手紙より八
年の時はながれて過ぎぬ

桃いろの紙の小筥《こばこ》に金平糖つまりてゐたり見るもたのしく

天理教分教会にひのまるの旗ひるがへり成人の日や

ヴァイオリンのケース背に負ひ乗りきたりにほへる少女《をとめ》春の電車に

理不尽に社長に怒られたとむすめよりライン
のとどく春のゆふぐれ

五千年まへの女人も宴《うたげ》あれば金のくさりを首
より垂らす

魯山人の皿にすずしき鬼怒川の鮎の塩焼きの
せて食はばや

ぼろぼろ

留置場三泊四日の私生活おもひかへせば笑みがこぼるる

公安調査庁が二人家に来たといひてわらひし父がなつかし

これ以上金がほしいか欲たかり奴《ぬ》がといふところにて夢が覚めたり

あばら家の取り壊されてあらはれし土のおもてにはや春の草

七十歳で死にたる斎藤茂吉より年上となり歌がぼろぼろ

満洲里の日本人墓地も訪ねたるふるき歌人に
したしむわれは

昨日からハクモクレンは花ひらき出掛けるわ
れにいつてらつしやいと言ふ

ちあきなおみまことに歌のうまかりき「矢切
の渡し」を聞けよ世の人

年とれば歴史をこのむならひにて『三条実美《さねとみ》伝』けふは読む

勝ちが見えれば指が震へる人間羽生四十九歳
になりてをりたり

文旦は皮厚きことはんぱなし土佐のひとより
送られて来て

迫る

わが進む路《みち》はゆきあたりばつたりにしてときにイヌフグリの花などが咲く

めづらしき髪型をしたる女の子ちちははとともに電車に乗り来《く》

金網をめぐらせる無人変電所に野のナノハナは咲きつつ迫る

仁徳天皇陵をあやふく侵すまで人のいとなむ家居は迫る

君が代斉唱拒否して処分されし友にかならずしもわれの共感はなく

小池家の家業は町のたばこ屋にてたばこの恩
をよく祖母言ひき

大黄

賞味期限きれて五年のつはものが冷蔵庫の奥の奥に潜める

哀愁のセブン・イレブンよりわれはたばこ一箱買ひて出で来ぬ

大黄《だいわう》といふ植物が高山の岩陰ににょっきり生
え出づるとふ

小地震に遠刈田のこけし倒れたり鳴子のこけ
し立ちてそのまま

槻木の葉坂《はざか》といへる集落にわれは生まれて山
羊の乳のむ

日本経済新聞文化欄

一篇のエッセイのため水郡線に乗りにゆきたることもあはれや

人住まぬ家はこゑなく壊れゆくみるみるうちに夏草の中

ひまはりはしづかに首をめぐらせぬ　おい、ひまはりと呼びかけられて

父の死後五十年となり小雨の日ふるさとの墓
の墓じまひせり

そのたまごときに食ふともこの年まで鳥の鶉《うづら》
をわれは知らずも

歌はおろか文学に縁なきふたりのむすめ父の
日にパジャマ買つてくれたり

おねえちゃん、志野と呼びあひふたりの子なかよくあればわれはうれしも

歌つくるは魚《うを》釣るごとし虚空よりをどる一尾の鯉を釣り上ぐ

伊豫の国松山にて

ＪＲ四国の車内放送は耳にやさしもやや節《ふし》ありて

うつくしき愛媛県庁旧館のまへにさしかかる
路面電車は

名にし負ふ道後温泉の湯は熱したちまちわれ
はのぼせてしまふ

子規の旅行鞄に大きく書かれたる「山雨海
風」文字はいきほふ

秋山兄弟生誕の地の井戸ばたにあかくいろづきそめて柘榴は

桃は岡山の福竹さん、梨は近所の石原さん

遠き人近き人よりいただきし桃の実六つ梨の実五つ

札幌の住宅街に出でし熊民意によりてころされにけり

体育はいつも見学のおくだくんうらやましき
ときありて忘れず

天城山心中

愛《あい》新《しん》覚《かく》羅《ら》慧《えい》生《せい》の名をいまに記憶せりその死は
われの十歳のころ

七《しち》ケ《が》宿《しゆく》の峠を越えてかたくりの群落見たり十
七八歳か

母のことすべてをはりて二年過ぐ庭ぬらす雨
われは見てゐる

隣町伊奈町法光寺

六つまで骨壺入る新墓の小池家之墓にわれら
詣づる

をさなごはコアラのマーチを食べをりつひと
つを乞へばひとつ呉れたり

灯台がぽつりと立ちてをりたりし伊豆爪木崎《つめきざき》生徒らと見し

職退《ひ》きて十三年は経《ふ》りたれどわが校が野球勝てばうれしも

包丁一本五百円にて家々をめぐり刃物研ぐたつきありたり

奉天に黄寺《わうじ》といへる寺院ありつかれおぼえて
斎藤茂吉

コンクリの電柱にすがる蟬ひとつ恋するひと
にめぐりあひしや
桑原甲子雄写真集『満州昭和十五年』
驢馬に乗り老人ひとり近づき来《く》ふるき写真に
見入りてわれは

詮索を人は好みて詮索すモナ・リザのモデルの某夫人その他

その講演を聞いたことがある

目の前に中野重治きたるとき思はずわれはおじぎをしたり

「雨の降る品川駅」をそらんじて十九はたちのわれはありたり

爬虫類を嫌へるわれはひとりのみの部屋にこもりてうた作りすも

八月十五日

ペリリュー島戦死一万生還者三十四人の現実ありき

ガダルカナルの一木支隊《いちきしたい》の全滅を深夜のテレビに見終へて眠る

純喫茶「エスポワール」に涼みし日よりけむりのごとく五十年が消ゆ

はやばやとことしとれたる新米もくださりにけり鹿児島のひと

正倉院蘭奢待《らんじゃたい》の香《か》はいかならむいのちをもちてわれに迫らむ

松葉牡丹

砂うごかして伏流水の湧くさまをテレビに見るはうれしかりけり

雀宮《すずめのみや》に降りゐし雨は宇都宮に来しときあがる悲しきまでに

をさなごが背負ふ小さなリュックよしコアラ
のマーチなどを収めて

短編の書き出しうまいヘミングウェイと父言
ひたりしことの思ほゆ

大岡昇平『花影《くわえい》』は葉子のものがたりむかし
読みたり胸あつくして

海底の重巡摩耶の映像を昼のニュースはみじかく伝ふ

腹ごなしのための食後のくすりのむ『門』の宗助がさうしたごとく

『万引き家族』みればこころに沁みとほるなかんづくその二人の子役

かがやける毛沢東の中国を高校生われあこがれやまず

賽銭箱を畑に投げて銭とりし事件ありたりわがふるさとに

ふるさとの墓のほとりに咲きてゐし松葉牡丹の花もわかれむ

ゆく夏に

わが町の小《ち》さきやしろの鳥居にてひとときき鳴
けりつくつく法師
冷えしるき大梨の実は泉にてひとつを食へば
汗ひくあはれ

橋のなかばに自転車とめて川を見るひとりの
人がわれなりしかも

「しんせい」といふたばこあり安煙草中野重
治喫《す》ひて居りたり

たいせつに持ち来しはずがいつのまに見えな
くなりし本の幾冊

鼻の隆起強調されていたましやカーブミラーにかほ写すとき

林間に消えゆく小径《こみち》が車窓よりとらへられたり瞬間の間《ま》に

蛇の子がなみだをながすものがたりをさなき日に読みかなしかりけり

胡桃の木の幹に鳴く蟬とらへむと麦藁帽子の
われは近づく

わが祖父の小池林治没大正三年ただいちまい
の写真がのこる

いただきし白桃のための礼状を横山大観のゐ
はがきに書く

猫死んで三年三月《みつき》その餌皿「燃えないごみ」
にいまだも出さず

一缶のビールさへ飲みきれぬことありてはや
ばやとけふの夕餉をはらす

をりをりに尿意切迫感あるを老いのきざしと
言ひて嘆かふ

むささびに生まれかはりしわれはいま縄文杉
のこずゑより飛ぶ

コンビニで買ひし九八〇円の夏帽子一《ひと》夏《なつ》われ
のあたまを守る

街の灯

神田古書街あるきて昭和十年の満鉄路線図買ひしことあり
哈爾浜《ハルピン》のキタイスカヤ街《がい》いかばかり茂吉『連山』われは読みつつ

ある日聞く「東京だョおつ母《か》さん」はみづみづとしてわが胸に沁む

こどもわれ父に連れられ観《み》たりけるチャーリー・チャップリン『街の灯《ひ》』あはれ

ハバロフスクの街のはづれにひろびろとアムール川の流れも見しか

三越のライオン像に銭《ぜに》あげて祈るひとあり東
京暮色

電線の埋設されし街なみは鳥類の来ぬ街とは
なりぬ

ハチ公前にひとを待ちたることありきをとこ
ざかりの秘めごとにして

マンションの八階に住みてわが娘《こ》飼ふ二匹の
猫を父はかなしむ

折々の歌

大岡昇平『レイテ戦記』を読むために壁に貼りたるレイテ島全図
宇都宮の宮の橋よりながめたる川の流れはおもひをさそふ

こよなくもスウィン・ヘディンの探検記愛読しつつ十八、九歳

ペットボトルよりあたたかな「綾鷹」をひとくちのめばわれは旅人

わが祖母が嫁入りにもつてきたといふ仙台簞笥をいかにかもせむ

コンビニに週刊文春立ち読みすおてんば佳子さま案ずる記事を

一日に九時間ねむることのあり夢また夢にくるしめられて

信楽の陶《すゑ》のたぬきがぼんやりと提灯さげて夢はをはりぬ

右の足痛めば歩行におのづからひだりの足が
庇ふあはれさ

足の爪みるみるうちに伸びてきて曲がらぬか
らだ曲げて爪切る

ちちははを語ることなく死にたりし斎藤茂吉
のふたりのむすめ

新宿駅前歩いて三分の納骨堂百年のちはいか
になりゐむ

なにか一言いはないと済まぬ性格といふもの
ありてわれは好まず

Ⅲ

2020年

松の小枝

正月も年々淡く玄関に松の小枝をかざりたるのみ

トースターで焼く餅ふたつ膨れたりことしの春こそよきことあれな

デパートで買ひしおせちの蓋とればなみだぐましきまでに花園

黒部の黒百合

青年のわれを虜《とりこ》にしたりけるブリジット・バルドーがまだ生きて居る

十二時間飛行機に乗つてフィレンツェへ行つたところでなにがどうなる

あやしげな節《ふし》まはしにて文部省唱歌「鎌倉」父は歌ひし

十二単衣の洗濯はいかになされしか誰にきいても教へてくれず

島尾敏雄作品集の全四巻五十余年をもちつづけ来し

黒部黒百合の球根もらひ植ゑたれど一度二度
咲き死んでしまひぬ

仙台のひとなれば知る「九重《ここのへ》」の赤いつぶ黄
色いつぶ熱湯そそぐ

暖春にほふ

暗黒疾走の「はやぶさ」にありて岩波新書『独ソ戦』をばむさぼり読みつ

ひとかたに過ぎ去りし十三年をおもふのみ文学館の館長を辞す

五寸ばかり伸びたる麦が寒風にうちなびくと
きなみだぐましも

チュリップのかたき蕾にくれなゐの色差しそ
めて「コロナ」を忘る

長《をさ》のむすめが飼ひていつくしむ猫ふたつから
だ舐めあふことのありたり

演劇部顧問たりし日に出会ひたる別役実もい
のちをはりぬ

大道具の電信柱をボール紙にて生徒らと作り
し夏がありたり

わが子らは学校教師にならざりきお父さんは
どこかかはいさうにて

吊革を握りてきたる手をあらふこんなことしかできぬ暗愚《おろか》さ

カソリックより別れし東方教会にヨーロッパを憎むこころあらずや

ミケランジェロ「ピエタ」の指にもウイルスはひめやかにして迫りつつあり

ピサの斜塔かたむきはじめて幾百年パンデミ
ックの中に立ちつつ

その三《み》粒《つぶ》食ひてかなしむごとくせり長崎県産
いちご「ゆめのか」

人工肛門《ストーマ》を帯びたる自《し》が身をたんたんと語り
て内田春菊ぞよき

観客のゐない相撲であるときも塩は撒くなりましろき塩を

六十二歳でいのち閉ぢたるヘミングウェイ「キリマンジャロ」は大久保康雄の訳

スターリンを崇拝しつつ小国のアルバニアありきいまいかならむ

デパートの化粧品売場よぎるときむせかへる
まで暖春にほふ

秋田県立角館南高校卒業の藤あや子うたふ若
づくりして

新橋の老舗《しにせ》菓子舗がつくり売る浅野内匠頭
「切腹最中《せつぷくもなか》」

自転車を若き女性が漕ぎゆけば大石先生をわれはおもひぬ

両耳がここについててよかつたとマスクをつけるたびにおもへり

「鵲」の字はかささぎと読むことさへも茂吉の歌にわれは知りたり

二十歳《はたち》なるわれに読めとぞ開かれしポール・ニザンの『アデン・アラビア』

ダウラギリ

八千百六十七米《メートル》ダウラギリ、サンスクリット
語で『白き山』の意
万葉集に「恋我」と書かれし古河《こが》のまちしづ
かに梅を咲かせてゐたり

馬鈴薯を入れたる箱のその奥に兵隊靴がありしおもひで

「掃部守」はかもんのかみと読むことを父に習ひぬ春くれば花

無観客の弓取式はどこかしらルネ・マグリットの絵をみるごとし

「色」の字は男女交合のさまを象形す淡雪ふりて消えゆきしかな

小鳥のころ

抽斗《ひきだし》の奥にみつけしハモニカに唱歌「鎌倉」
吹いてみるなり
滝廉太郎の伝記むかしに読みたれどおぼろお
ぼろに荒城の月

ただ一語「売」と書かれて立て札ありはや夏草のおほふ空き地に

牛飼ひを廃《や》めたる農家にのこされし暗き牛舎をのぞき見るかも

電柱の看板雨に濡れをりて「穴水ゆかりバレエスタジオ」

雨の日の児童公園無人にて杖をつきたるひとり横ぎる

田のなかに小《ち》さき前方後円墳ありしふるさと夏くれば思《も》ふ

はつなつの郵便局の窓口に切手を買ふはうれしかりけり

牛若にふたり兄あり今《いま》若《わか》乙《おと》若《わか》その生涯を史書
は記《しる》さず

愛妻を亡くしし叔父がただひとりカタロニア
を旅せしことが思はる

ことし庭に咲きしチュリップ二十四花《くわ》ひとつ
蕾のままにをはりき

仏壇のひきだし奥に封書あり墨書ゆたけく「比加児のへその緒」

七十三年蔵《しま》はれをりしへその緒とわれ対面すただにかそけく

演劇部の生徒ら連れて天城隧道なかばまで来て引き返したり

四百日ぶりにプールに入りたる池江璃花子に
こみあぐるもの

その足は傷《いた》めるものかぽつりぽつりとホーム
のうへを鳩のあゆめば

売店に天津甘栗買ひしわれ電車うごけばひと
つぶ食ひぬ

林間の道一瞬にみえて消ゆ日傘のひとが歩みをりたり

赤松の林のおくに自治医大の病棟は見ゆ夏ちかくして

そもそもウイルスは物質なりや生物なりや永田和宏は物質と言ふ

スーパー銭湯極楽湯にてひるひなか自粛とかれしひとびと憩ふ

人類史にのこるわざはひの日々を生きて歌の結句に苦しむわれは

長崎のびゝははいまかと待ちをれどスーパー棚におとさたもなし

まぎれゐるわが顔捜すごとくして神宮外苑雨の行進

綾鷹

個人誌をたゆまず出して五十年その歳月はたちまちなるか

ただひとつの外国語さへできぬわれその一生は貧しく思ほゆ

これまでの十《とを》の幸運十《とを》の不運かぞへあげつつ
眠りにつかむ

義歯の具合いよいよ悪くなりゆけばもの食ふ
ことさへ楽しくあらず

永平寺の修行僧といふ人生もありしか遠《をち》の遠《をち》
の山辺に

乳飲み子のわが子背負ひてパチンコをしたる
ことあり四十年むかし

天道虫

かすかなるめまひ兆せるときありて天道虫ひ
とつわが手にとまる
をさなき日おもへばことにも女の子近《ちか》ちゃん
節ちゃんいかにおはすや

内小路立花さんの庭にありし巨き胡桃の木な
どおもはるるかな

自転車もろとも田圃に転落せし志野よ五歳六
歳きのふの如し

間違へることをりふしにあるべくしてしのの
子がさな、さなの母しの

戒名をつけてもらひて支払ひし二十万円は惜
しくもあるかな

山歩きして来たるらしき中高年女性の一団に
わが妻はなく

五十一年ぶりにすがたをあらはせる革共同清
水丈夫八十三歳

革共同の旗夜の闇にひるがへる立川基地ゲート前おもほゆ

腹部大動脈瘤の手術するまへ会ひたいと言ひ来し友と会ひて別れぬ

文庫本になりたる『うたの動物記』撫でてをりたり秋深むころ

タクシーに乗るときいつも微かなる罪悪感の
ありと言はなくに

お守りのやうに鞄に入れてある茂吉『連山』
昭和五年秋

足指の付け根痛めばあきらめて一歩また一歩
あるくほかなし

弟はいつもわれより小さくて小さきままのおとうと思ふ

弟を声をかぎりに呼ばむとすあかつきの夢に覚めたりわれは

ひたひたと時は過ぐるかテレサ・テン没後二十五年ときけばおどろく

折々の歌

軟式野球と硬式野球とあるごとくワンダーフォーゲル部と山岳部あり

雑文を三枚書いていつぽんのマイルドセブンを吸ふはうましも

をさなき日よりいまに至るまでねちねちの納
豆きらひ糸引くもの嫌ひ

フェンシング部の宍戸死んだといふ報が風の
中よりつたはりてくる

必然にして欠けるべく欠けてゆく同級生にけ
ふ宍戸あり

日暮里をなんとさびしき駅の名といひし留学生周樹人はも

戦場ヶ原に初雪降りしとふ手紙の文字はうつくしくあり

むかしより今にかはらず「ムヒ」ありぬ臍かゆければ臍に塗りつつ

少年は『南総里見八犬伝』読みてちひさな灯を得たり

公園のジャングルジムのいただきに一羽のからすの止まる雨の日

手作りマスク送りてくれし人のゐて家の中にてもつけてよろこぶ

宝石を拾ひしごとし茂吉歌集にひとつの誤植
をみつけたる時

祖母に連れられ見たる映画の『二十四の瞳』
に七歳のわれ泣きにけり

こどもとは走るいきもの全力で走るすがたは
胸に迫りぬ

早起きして聖書を読みませんか言ひきたる人を帰せり一礼をして

横須賀の海軍カレーあたためてひとり食ふべき夜とはなりぬ

ほそほそとしたる首すぢきよらけきひとは降りゆく栗橋の駅

たまごからうさぎ孵るとおもひゐし弟よあれ
から六十年か

鉄工所ありて散りとぶ火花あり足とめて見き
とほりすがりに

Ⅳ

2021年

すずめ

庭に来るすずめの友を見てをればたのしきものか初春にして

冬畑の一隅に乱菊黄菊あり老い人ひとり歩みきたれる

荷車を引いて嘶くこともなく老いたる馬が行きしふるさと

いづみ

出雲の国に足踏み入れることもなく七十三歳
の秋ゆかむとす

よぎりたる歌の断片３Ｂの鉛筆もちて手帖に
しるす

林中に消えゆく道を一瞬に新幹線よりわが目捉へつ
ふるさとの山の隧道の入り口にいづみが湧きてゐたるかなしさ

秋深む

わが乗れる電車に手を振るこどもありわれ振りかへす昭和のごとく

白松《はくしよう》の風をうたひて斎藤茂吉迷ふことなしわづかなりとも

癌を病む妻のかたへに書きたりし『うたの動物記』をわが懐かしむ

枝にかがやく柿もいつしか衰へて秋は深まむ法光寺の庭

マグネシウム焚《た》くフラッシュの良き時代マリリン・モンローこちらを向けり

公園のすべり台にて雨ふるはさびしきものよ
秋深まりて

種付けの苦《く》はいかばかりディープインパクト
千七百余頭の子を残したり

防災倉庫まへに咲きゐるコスモスはふとも揺
れたりわれは過ぎゆく

中地俊夫を悼む

明るくて大きな声の中地さんのもとにおのづから人あつまりぬ

中地さんを先頭にして台湾へみんなで行きしきのふの如し

発行人編集人のあひだがら仲良くありしことも謝しておもはむ

畳屋のちらしぱらりと入りをり秋のふかまる郵便受けに

秋の日は澄みて大地にしみとほり人ひとりなきこの世を照らす

弟

電話のこゑむしろあかるく弟は「癌になりました」激震襲ふ

肺癌の専門医たるおとうとが癌に倒れぬなんとおもはむ

大腸に癌のかたまりふたつあり他臓器転移も
かくれもあらず

酒も飲めなくなつたと言ひてかすかなる笑み
をうかべつ忘れ得ぬかも

ぐいのみに手震ひにつつ酒つぎてくれたるこ
とが今生の別れ

握手して別れてその死は二週間後あらしのご
とくなべては過ぎぬ

みつかりて二ケ月足らずに逝きにけりその進
行はあまりに速く

進行の詳細を知り尽くすゆゑ一切拒否して死
に向かひたり

入院を拒否し抗癌剤を拒否し自宅ベッドのうへにいのち終ふ

なきがらの弟の額に手を当てつ息のむまでのそのつめたさよ

五十年前の父の死に顔よみがへるおとうとの死に顔にかぶさりゆきて

＊

をさなき日の写真を見れば弟とわれとはつねに共にありたり

六十余年みるみる過ぎて夏の日の白石川にわれら泳ぎし

うしろからつねに追はるるおもひせり一歳違
ひの兄弟なれば

二段ベッドの上と下なる思春期や一匹の猫を
かはいがりつつ

老衰の果てに死にたる家猫を無花果の木《こ》下《した》に
埋めたりわれら

われ一《いち》高《かう》おとうと二《に》高《かう》学帽の徽章たがへて十五六歳

数学がやたらとできた弟は受験勉強のたのしさ言ひき

＊

壮《を》ざかりに胸部外科医のおとうとは七時間八
時間の手術もしたり

母の遺産相続六百六十万円を二人で分けつは
らからなれば

イタリアをこよなく愛し旅したり小美術館に
名画あるとぞ

いのち果つる瀬戸際までも耐へにつつやまひ
の人を診《み》てをりたるか

つとめ終はればまつすぐ家に帰りきて呑む酒
二合、三合の快

おとうとが好みて呑みし「浦霞《うらがすみ》」宮城の酒ぞ
かなしくもあるか

しみじみと酒はうまいと言ひをりて乱れること毫もなかりき

実のひとつ葉のひとつさへなくなりし柿の木を照らす冬のひかりは

復《ま》た来《こ》し春

松林のなかにひともと辛夷の木しろく花つけ
春は来《き》向《む》かふ

うたごころの呼び水として春の電車に茂吉
『遍歴』ひらきつつあり

カラヤン指揮ベルリンフィルの「運命」の三位一体をスマホに聴きつ

大理石の中より忽然とあらはれしミケランジェロの「ピエタ」の奇蹟

みづからを「俺」と言ひそめし五歳の子二歳の弟を「おまへ」と呼びつ

「極道の妻たち」観《み》つつ夜《よる》はふかし萩原健一
よき役者なり

五人兄弟すべて死にたる『阿部一族』春のひ
なたにおもひみるかな

道ゆく人

ヘリウムを詰めたる象のアドバルーンあがりてをりて春はかなしも

わが庭の花チューリップ赤色黄色十日ばかりを咲きて崩れぬ

うつくしき小村雪岱《せったい》の装丁をガラスケースの
中に見てゐる

ちあきなおみ唄へるファドを聞きながら夜の
葡萄酒ふくめるわれは

生垣の定家葛《かづら》のよき香りほめてくれたり道ゆ
く人が

子供時代おもへばあはれは深かりしフラ・フープさへうまく回せず

十三匹の猫を飼ひつついつしかにこころを病みてゆきたる一人

大いなる耳垢《みみあか》ひとつ掘り上げつ金魚がをれば食はせるものを

牛島の藤をみてきて寝るまへに飲む一杯のグレンフィディック

スエズ運河塞ぎし船が積むコンテナ一万七千個といふにおどろく

八人の子産みて育てし石川不二子その手厚かりき握手せしとき

同学の佐々木力《ちから》も死にたりしかがやくまでのよき仕事して

ヨーロッパ最貧国のアルバニア　リュック背負ひて旅するこころ

エカテリーナの夏の宮殿琥珀の間《ま》映すテレビみてひとり寝むとす

深夜来しメールの文にわれのことを「あなた様」と書きあるは悲しも

主人公が丑松《うしまつ》である小説はなんでありしかなふともおもへる

サーベルと燕

サーベルに改造したる日本刀一振りありてわれいかにせむ
日露の役《えき》たたかひたりし祖父《おほちち》が出征に携へしサーベルぞこれ

かなしきは爪楊枝かも削られて一度使ひて捨てられにけり

爪楊枝着物の襟に差しありし父がなつかしおもひ出《い》だして

歩行者専用ボタンを押して待つわれの十数秒の間《ま》のたゆたひよ

むらさきの燭《しよく》をかかぐるごとくして桐の花あり妻の墓ちかく

西宮の石《いし》刎《ばね》町に住みにける投稿女性のふしぎなるうた

中野重治に「北見の海岸」といふ詩あり諳《そらん》じをりしころの純情

老眼がいよいよすすみめがねなくば茂吉歌集
の歌さへ読めぬ

日本語はむづかしくして白鵬は横綱白鷗は大
学ゆめまちがふな

つぎつぎに無くなるものよ昭文社分県地図も
販売中止

机いつぱい地図をひろげるたのしさよ三江《さんかう》線
は江《がう》の川《かは》に沿ふ

多摩川の水にしづかに入りゆきし西部邁《すすむ》をこ
の夜おもへり

松葉牡丹の花をうたひて色彩のとびちる如し
斎藤茂吉

家垣に定家葛《かづら》は花ともる顔をうづめてその香《か》をかぐも

腹部大動脈瘤の手術をしたる友たんたんといふ「いのちびろいした」と

黄金にひかりかがやく麦畑つばめの鳥はすれすれに飛ぶ

開け放つ窓より二羽のつばくらめ家に入り来つ吉兆ならむ

牛《うし》馬《うま》とともにありたる生活より百年経《へ》たり人こころ病む

あるときに平屋《ひらや》の家に住みたいと言ひ出でし妻がおもはるるかな

遠景に高圧鉄塔近景に照りひるがへる柿のわか葉は

鶏《けい》血《けつ》石《せき》の印章くだされし人ありて署名の下にいまだも押さず

路上生活をして殺されし六十四歳の女性をおもふ　この世の果てか

ソング

死にてのち森田童子の歌を聞くかそけきかそけき青春の歌を

ちあきなおみ「逢いたかつたぜ」の絶品をほれぼれと聞くこの夜寝るまへ

あしひきの山川豊は鳥羽一郎の実弟にしてこゑの甘かり
裕次郎「恋の町札幌」カラオケにきみと歌つたな「コロナ」のまへに

踏切にて

菖蒲街道踏切に待つ三分《さんぷん》にうたの一首が漂着したり

水戸天狗党の盛衰を読みながら家ごもりをり
三日四日を

利根がはの中洲に立てる白鷺は源九郎義経の
裔《すゑ》とおもへる

「山科は過ぎずや」ふともよみがへり口に出
でたり夜汽車の旅の

大学に籍《せき》ありて鬱々と過ごしたる八年間もよ
しとおもはむ

これよりは宮城あがたに入るところ「白松が最中《もなか》」の看板が立つ
又従姉《またいとこ》の節ちやんひとり暮らすゆゑわづかにつながるわれと故郷《ふるさと》
ふるさとに沼の入《いり》とふ集落あり三軒四軒の家ありしのみ

沼の入《いり》のうしろの山は石切り場かつんかつん
と石を切るおと

はねつるべにて井戸の水汲みあげし船岡内小
路の家がおもはる

井戸端に小《ちひ》さきゆすらうめの木がありてその
実を摘みしおもほゆ

父恋《ちちこひ》をすることありて下駄の鼻緒切れたるたびに直しくれにき

人糞を豚に食はせてその豚を人間が食ふ古代中国

むらさきにさるすべりの花咲きをればその下に立つこどもはひとり

ＤＶＤに『二十四の瞳』の映画みて胸熱くなる一日《ひとひ》ありたり

何年かわが庭に咲きてありたりしほととぎすの花もいつか消えしか

六首

不要不急の外出をして乗る電車筑波山みゆひがしの果てに

雨の古河《こが》に降りてゆきたる青年は青いリュックを背負ひてゐたり

ワクチン打つてその翌日に発熱あり効《き》いたあかしと言ひてよろこぶ

ただひとり家の中にありてもマスクするわれをあやしむわれみづからに

裕次郎「北の旅人」そのころはワイングラスのこころに沁みぬ

ふたりとも死んでしまひしザ・ピーナッツ「恋のバカンス」聞けば嘆くも

折々の歌

黄河上流の砂州にひとときき遊びして赤い石白い石ひろひしむかし

綿入れのズボンを履けばあたたかしカムチャッカまでも行けるかと思ふ

「国境なき医師団」にわづかなる送金しつつ
年くれむとす

利根川の冬のながれはしづかにて渡良瀬川が
寄り来まじはる

大宮に「つばさ小学校」があるのだがその名
称は違和感覚ゆ

肋骨の浮き出づるまでほそくなりたりし小柳ルミ子をかなしみにけり

本一冊読み通す気力も淡くなり食へば甘しもみたらし団子

思惟の影その目にたたたへきよらけき池江璃花子ははたちとなりぬ

インド人の名前は長し「ダヤーナンダ・サラ
スヴァティー」ヒンドゥー教史に

ひさしぶりで蓮田病院に来たりけり　222
号室　妻が死んだ部屋

枯葉舞ひアコーディオンのうた響くパリの街
角つひに行かざり

「ボディーシャンプー」といふものわれは嫌ひにて牛乳石鹼にからだを洗ふ

うす汚れたるマンションのベランダに「社民党」の幟立ちて夏来ぬ

コンビニのこしあんぱんはあるときに福砂屋のカステラよりもうましも

目のまへをあゆめる鳩の赤き脚過ぎたるのちの残像あはれ

冷房のききたる部屋に閉ぢこもり手足の爪を切るもかなしも

ひとときのわれを慰めくれたりしヨハン・シュトラウス「芸術家の生涯」

奥歯いつぽんほろりと取れて瞑目す東西南北
なむあみだぶつ

七夕の短冊読みて一笑す「ぱぱのくるまがう
れますように」

原付にうちまたがりてけふも来る若き女性の
郵便配達

カロッサの『ルーマニア日記』なども読みあをい顔した高校生なりき

神田川にかかれる橋は五十余橋　曙橋あり面影橋も

あとがき

　本集は二〇一八年、二〇一九年、二〇二〇年、二〇二一年に発表した歌から五百七十六首を選んで一集に纏めたものである。わたしの七十代前半の歌作で、十一番目の歌集となる。

　この時期はいろいろなことがあって、二〇一八年に母を送った。そして二〇二〇年の暮れに弟を亡くした。母は百六歳という高齢で、言葉を失って十年ばかりも、ひたすら病院のベッドの上で命を繋いできたので、肩の荷が降りたという感じだったが、弟の突然の死は思ってもみなかった。一歳下の弟は胸部外科医で、肺癌の専門家だったが、自身もその病につかまった。専門家ゆえ病状の進行を知悉しており、一切の治療を拒んで入院もせず、自宅のベッドの上でしずかに旅立った。衝撃的な最後であった。

　こどもの頃、父、母、祖母、弟とじぶんと五人家族で暮らしていたが、四人に先立たれ一人だけ残されることになるとは思いもしなかった。

亡くなる前にその弟が言い出して、故郷宮城県船岡の墓を墓じまいした。わたしたちの次ぎの世代はみな首都圏におり、遠く宮城県の片田舎まで墓参りに行くのは現実的でない。わたしのいま住んでいる埼玉の寺に、父の遺骨だけ持って来て、母の隣に移した。墓がなくなってしまえば、もう故郷船岡に行くこともないだろうとおもう。

二十代半ばで短歌と出会い、五十年すぎたのである。よく続いたとおもう。小説や詩ではこうはできなかった。理由はいろいろあるだろうが、短歌だから続いたのであって、いまは短歌に対して素直に感謝の気持ちが湧く。歌集のゲラでわが歌を読めばいかにも貧しく、五十年かかってこの程度かと思うと気持ちは萎えるが、致し方ない。

短歌を通じて多くの知人、友人を得た。砂子屋書房の田村雅之氏、装丁の倉本修氏もともに長い友人である。友情に感謝したい。

二〇二二年八月

小池　光

サーベルと燕　小池光歌集

二〇二二年八月二十六日初版発行

著　者　小池　光
埼玉県蓮田市綾瀬一二―四（〒三四九―〇一二六）

発行者　田村雅之

発行所　砂子屋書房
東京都千代田区内神田三―四―七（〒一〇一―〇〇四七）
電話　〇三―三二五六―四七〇八　振替　〇〇一三〇―二―九七六三一
URL http://www.sunagoya.com

組　版　はあどわあく

印　刷　長野印刷商工株式会社

製　本　渋谷文泉閣